Un cœur en hiver

Chantal BERNATI

©2017 Chantal BERNATI

Edition : BoD – Books on Demand
12/14 rond-point des Champs Elysées
75008 Paris
Imprimé par BoD – Books on Demand, Norderstedt
ISBN : 9782322085644
Dépôt légal : Octobre 2017

Toute représentation intégrale ou partielle faite sans le consentement de l'auteur ou de ses ayants droit ou ayants cause est illicite.

Chantal Bernati est née en 1966, elle entre à « La Société des Auteurs Savoyards » en mars 2016 avec son roman « Partir avant de vous oublier… »

Bibliographie :
« Une adolescence volée » 2014
« Partir avant de vous oublier… » 2015
« Après toi… » 2015
« Comme une ombre au fond de ses yeux » 2016
« Sur le chemin de mon père » 2016

À mes parents, enfants, et petits-enfants, avec tout mon amour.

Personne ne sait combien peut durer une seconde de souffrance.

Graham Greene

Chapitre 1

Il est à peine six heures quand Marie se réveille ce matin-là et pourtant hier soir, elle a veillé tard, retardant au possible le moment de se plonger dans un sommeil dont elle sait par avance qu'il sera peuplé de cauchemars. La veille, dans un besoin de se raccrocher à quelqu'un, elle a envoyé des SMS à son fils, à ses amies, mais aucun d'eux n'y a vu le SOS qui se cachait derrière les phrases de Marie. Les copines étaient sans nul doute, soit occupées par leurs petits-enfants, soit trop fatiguées elles-mêmes pour répondre ; son fils, quant à lui, se manifestera sûrement dans un jour ou deux, trop pris, comme souvent, par son travail. Toujours est-il qu'elle se retrouve seule avec ce mal de vivre qui ne la quitte plus, avec cette douleur qu'elle connait trop bien et qui n'arrive pas à sortir de sa tête, de son cœur, de son corps. La solitude et la détresse ont pris le dessus sur la vie. Bien sûr, elle n'est pas complètement seule, elle a un mari, Marc, mais ça fait bien longtemps que les deux époux ne regardent plus dans la même direction. Évidemment, pense Marie, il l'aime, mais comme on aime un vieux pull confortable. Elle ne voit plus, dans son regard, cette petite étincelle qui fait la différence entre l'amour et l'habitude. Et pourtant le couple s'est aimé avec passion.

Marie avait rencontré Marc, voilà bien des années ; elle sortait du supermarché de Belley et essayait de démarrer sa voiture qui ne voulait rien savoir. Le jeune homme s'était approché, affichant un grand sourire :

- Si vous continuez ainsi, elle ne démarrera plus ! Vous voulez que j'essaie ?

- Je veux bien, répondit-elle.

Marie sortit de la voiture et Marc s'installa au volant de la petite Renault 5, tourna la clef et le moteur se mit en route. Un grand sourire illumina le visage de Marie.

- Oh ! Vous êtes trop gentil ! s'exclama-t-elle, et tout à son soulagement, elle d'ordinaire si timide, proposa :

- Je vous offre un café, pour vous remercier ?

Le jeune homme éclata de rire.

- On va devoir arrêter votre voiture !

Marie eut un air navré.

- Ah oui, je n'avais pas pensé à ça...

- Ne vous inquiétez pas, je vous la démarrerai à nouveau.

Un peu sceptique, Marie enchaîna :

- Vous êtes sûre que vous allez y arriver ?

- Bien sûr, ne suis-je pas le meilleur mécanicien de ce parking ? plaisanta-t-il.

Ils s'étaient donc dirigés vers la brasserie attenante au supermarché, s'étaient installés en terrasse. Par ce beau mois d'avril, le temps était déjà très doux, les passants avaient posé les vestes, certains étaient même en tee-shirt. Les rayons du soleil donnaient à leur rencontre comme un air d'été, ils avaient commandé des cafés, avaient discuté plus d'une heure à bâtons rompus puis Marc lui avait avoué avoir un rendez-vous et être déjà très en retard. Le jeune homme avait alors proposé à Marie de l'emmener dîner, le soir même, dans ce charmant restaurant qui domine la vallée de Yenne et le Rhône, sur les hauteurs de Saint-Jean de Chevelu.

Marc Barnet habitait le magnifique petit village de Jongieux depuis sa plus tendre enfance ; son père était viticulteur, comme l'avait été son grand-père. Il avait deux frères qui travaillaient à l'exploitation familiale, mais lui, le petit dernier, malgré l'amour qu'il avait des siens et de son village, avait voulu une toute autre vie. Ce qu'il aimait par-dessus tout, Marc, c'était travailler le bois. Il y avait près de chez ses parents, un homme sans âge, Monsieur Jean, qui avait un atelier d'où se dégageait une odeur qu'adorait le jeune homme, une odeur de sève. Enfant, quand le vieil homme travaillait les portes grandes ouvertes, Marc s'approchait tout doucement. Il le regardait transformer un banal billot

en un magnifique hibou ou autre animal ; il le voyait caresser le bois comme si ça avait été un être vivant. Au début, Monsieur Jean lui disait : « Allez, file d'ici ! Va donc jouer avec les gamins de ton âge ! » Mais le jeune garçon restait là, sans bouger, sans parler et le vieil homme l'oubliait, tout à sa passion. Les parents de Marc lui interdisaient l'accès à l'atelier de ce voisin taciturne et peu aimable, mais rien n'y faisait, Marc était attiré par ce lieu. Puis le temps avait passé et Monsieur Jean s'était habitué à ce drôle de garçon qui ne demandait jamais rien. Un jour, il lui proposa :
- Approche donc, gamin. Tu veux que je t'apprenne à travailler le bois ?

- Oh oui, Monsieur, ça me plairait tellement !

Et entre le jeune garçon et le vieil homme était née une belle complicité. Cet homme qui parlait si peu s'était laissé attendrir par ce môme qui le regardait avec de grands yeux émerveillés. L'enfant, sitôt sorti de l'école, courait le rejoindre et passait tout son temps libre avec l'ébéniste. Avec patience, Monsieur Jean lui avait appris le métier et quand, bien des années plus tard, Marc avait réussi son diplôme d'ébéniste, on ne sut lequel des deux fut le plus fier. Le jeune homme avait invité le vieillard au restaurant du village d'à côté pour le remercier de tout ce qu'il lui avait enseigné. Pour l'occasion, Monsieur

Jean avait posé son éternel béret, laissant apparaître des cheveux blancs ébouriffés, s'était rasé et avait mis son joli costume du dimanche. Il n'avait pas de famille et ce petit, se disait-il, c'est un peu comme un petit-fils tombé du ciel ! Ce que les gens ignoraient, c'était le triste passé du vieil homme ; il avait perdu ses deux frères à la guerre et ses parents étaient morts de chagrin peu de temps après. Il s'était trouvé seul au monde et avait combattu sa tristesse en travaillant le bois comme d'autres l'auraient noyée dans l'alcool. Non, il ne s'était jamais marié, il pensait que le malheur planait autour de lui et n'avait jamais voulu prendre le risque de souffrir à nouveau. Et aujourd'hui, ce jeune homme qui avait donné un sens à sa vie l'invitait, lui, Jean, et seulement lui, au restaurant de Lucey. Le vieil homme n'y avait jamais mis les pieds et c'était un grand honneur que lui faisait Marc. Les deux hommes passèrent une excellente soirée. Jean regardait, émerveillé, toutes ces jolies tables recouvertes de belles nappes colorées. Les mets étaient délicieux, il se sentait bien. Il pensa qu'il était... heureux !

Les deux amis rentrèrent tranquillement à pied et, arrivés devant chez Jean, ce dernier lui annonça :

- Marc, j'ai bien réfléchi, je vais te donner mon atelier avec tout l'outillage et la grange attenante, ainsi, si tu en as envie, tu pourras la retaper et en faire ton habitation.

- Monsieur Jean, je ne peux pas accepter, je travaillerai et vous l'achèterai plus tard…
- Écoute, petit, je n'ai plus de famille et tu es comme mon petit-fils, si tu refuses je me sentirais offensé. Tu as la même passion que moi pour le bois et tu es tout à fait capable de prendre ma suite.

Marc, ému, prit Jean dans ses bras en murmurant : « Merci, merci beaucoup ». Le vieil homme remercia le ciel que la nuit cache ses yeux humides…

Jean avait rapidement pris contact avec le notaire afin de faire une donation. Il fut convenu entre les deux amis que le vieil homme continuerait à venir à l'atelier aussi souvent qu'il le souhaiterait.

Marc étant beaucoup plus commercial et plus avenant que son ami, l'affaire avait bien prospéré. Les deux hommes travaillaient ensemble, s'aidant mutuellement. Marc faisait un peu de démarchage, mais chaque fin de journée, passait un moment avec Monsieur Jean. Le vieil homme appréciait ces moments partagés avec celui qu'il appelait « le petit », mais il le taquinait régulièrement en lui disant :

- Qu'est-ce que tu passes tes soirées avec moi, n'as-tu donc pas une jolie fille à aller voir ?

Marc était beau garçon, aussi les occasions ne manquaient pas ; oui, mais lui, ce qu'il attendait, c'était le grand amour. La femme qu'il choisirait, ce serait pour la vie ; il n'avait que faire des aventures sans lendemain.

Chapitre 2

Marie, déjà sous le charme de cet homme sympathique et plein d'humour, n'avait pas vu le temps passer et avait accepté avec plaisir l'invitation à dîner du jeune homme. Il fut convenu que Marc viendrait chercher la jeune femme à dix-neuf heures. Cette dernière lui donna son adresse. Elle habitait la ville de Belley depuis bientôt deux ans. Elle y avait trouvé un travail de photographe dans une petite agence de pub et avait dû quitter Bourg-en-Bresse, sa ville natale.

Marie était fille unique, et elle en avait souffert toute son enfance. Elle aurait aimé avoir un frère ou une sœur avec qui partager ses secrets. Bien sûr, ses parents étaient adorables, mais les repas dominicaux manquaient cruellement de rires. Il régnait chez eux une absence de chahut et Marie se disait que le jour où ses parents ne seraient plus, elle serait seule au monde. Elle rêvait d'un foyer plein d'enfants. Un jour, se disait-elle, j'aurai une grande famille. Ce soir-là, la jeune femme passa en revue toute sa garde-robe, hésita entre plusieurs tenues, puis finalement, opta pour une jolie robe noire qui mettait en valeur son corps mince, passa un épais châle rouge, chaussa ses escarpins et se contempla dans le miroir de sa chambre. Elle se trouva jolie, brossa ses longs cheveux blonds, mis une touche de maquillage, un nuage de parfum et fut prête.

À dix-neuf heures tapantes, la sonnerie de l'interphone retentit. Elle lança un « j'arrive » et descendit les deux étages aussi rapidement que le lui permettaient ses escarpins.

Quand Marc la vit arriver, il trouva la jeune femme encore plus belle que l'après-midi.

Elle avait manifestement pris soin de son apparence. Marie remarqua, quant à elle, l'élégance du jeune homme ; il était vêtu d'un pantalon noir et d'une parka qui le faisait paraître immense.

Tous deux semblaient un peu gênés de se retrouver ainsi, mais sitôt arrivés à la voiture de Marc, ils avaient retrouvé leur complicité de l'après-midi. Le jeune ébéniste lui parla du petit village de Jongieux où il avait grandi. Il parla avec passion de son enfance au milieu des vignes, de Monsieur Jean, et Marie ne vit pas le temps s'écouler jusqu'au restaurant.

Une fois la porte franchie, la jeune femme fut agréablement surprise ; il n'y avait que quelques tables, avec pour chacune une bougie qui donnait à la pièce une ambiance romantique. Les mets étaient délicieux, le vin du pays, savoureux, et Marie se laissa aller à raconter sa vie.

Elle ponctuait chaque évènement d'une anecdote et le jeune homme se surprit à rire fréquemment. La soirée se déroula comme dans un film, il n'y eut pas de silence et le couple se rendit compte qu'ils étaient les derniers clients, que les serveurs n'attendaient que leur départ pour fermer. Marc alla régler l'addition et ils se retrouvèrent dehors. La fraicheur était tombée et Marie frissonna ; le jeune homme, prévenant, lui recouvrit galamment les épaules de sa veste.

Marc la ramena à Belley ; arrivé devant chez elle, il lui dit :

- Marie, j'ai passé une excellente soirée, j'aimerais beaucoup te revoir…
- Moi aussi, Marc, merci pour ce délicieux repas.

Elle lui donna sa carte de visite avec son numéro de téléphone et l'invita à l'appeler quand il voulait. Ils s'embrassèrent amicalement et Marie rentra chez elle.

La jeune femme se surprit à sourire devant son miroir alors qu'elle se démaquillait, elle était heureuse, et peut-être même un peu… amoureuse, pensa-t-elle.

Dès le lendemain, Marc appela Marie et tout de suite entre eux ce fut comme une évidence : ils attendaient cet appel comme une promesse du futur. Rendez-vous fut pris pour le soir même ; Marc passerait prendre Marie chez elle, le couple dînerait sur Belley puis irait au cinéma.

La soirée se déroula aussi bien que la précédente et au moment de quitter Marie, Marc se pencha vers elle et l'embrassa tendrement. Cette dernière n'avait jamais été aussi heureuse ; aussi, quand le jeune homme lui proposa pour le lendemain, une balade au milieu des vignes de Jongieux, Marie accepta avec empressement. Il s'occuperait du pique-nique, elle n'aurait qu'à trouver une tenue confortable afin d'être à l'aise pour marcher. Ils avaient tout le week-end pour eux et cette simple constatation suffit à les rendre heureux.

Le soleil inondait les vignes, le ciel était d'un bleu parfait, une légère brise leur caressait le visage et les deux jeunes gens démarrèrent leur petite randonnée main dans la main. Marc détailla chaque coin à Marie et elle sentit comme il était attaché à cette terre. Ils marchèrent deux bonnes heures puis prirent la direction de la Chapelle Saint Romain pour pique-niquer. Marc avait tout prévu ; il sortit de son sac à dos une couverture qu'il étala sur l'herbe verdoyante, du pain de campagne, du saucisson, du jambon, du fromage, des tomates, des fruits, une gourde d'eau fraîche et une bouteille de Gamay du Domaine de

sa famille. Marie était émue de le voir si attentionné :
- Tu as pensé à tout ! C'est vraiment gentil et ces paysages que tu m'as fait découvrir sont vraiment magnifiques…
- Je voulais te faire connaître l'endroit où je vis…
- ça me plait beaucoup, Marc ; je suis née en ville, mais j'adore la campagne…
Marc lui conta de nombreuses péripéties qui lui étaient arrivées avec ses frères et Marie éclata de rire plusieurs fois au grand bonheur du jeune homme.
La journée se termina comme elle avait commencé, dans la bonne humeur.

Chapitre 3

L'été arriva et chaque jour semblait renforcer l'amour de Marc et Marie.

Aussi, ce jour-là, Marc avait-il prévenu ses parents qu'il leur présenterait son amie. Le couple viendrait en début d'après-midi, boire le café. Pour l'occasion, Hortense, la mère de Marc avait revêtu une belle robe, fait un gâteau de Savoie dont elle avait le secret, toute contente que son petit dernier lui amène enfin une amoureuse. Il ne lui avait jamais présenté de petite amie, aussi se doutait-elle que celle-ci était importante pour lui. Son père, Michel, avait simplement marmonné « Eh bien, il est temps, à trente-deux ans ! ».

Le jeune homme avait également convié Monsieur Jean qu'il avait un peu délaissé ces derniers temps. Le vieil homme ne lui en voulait pas, il comprenait. Il avait tant espéré que Marc rencontre enfin l'amour. Aussi, aujourd'hui, il était heureux de faire la connaissance de celle qui faisait battre le cœur du « petit ».

À quatorze heures tapantes, Marc sonna chez Marie. Elle l'invita à rentrer et il vit tout de suite qu'elle était très angoissée :

- Ne te fais pas de souci, ma chérie, mes parents vont t'adorer.
- Et s'ils ne m'aiment pas ? avait-elle répondu d'une petite voix.
- Ils t'aimeront puisque moi je t'aime.

Le jeune homme la prit dans ses bras et elle se sentit mieux.
- On y va ? proposa gentiment Marc.
- Oui, allons-y.

Hortense avait préparé une très belle table sur la terrasse ombragée. Elle y était déjà assise avec son mari et Monsieur Jean quand Marc gara sa voiture dans la cour.

Main dans la main, le couple s'approcha et Marc fit les présentations. Hortense embrassa chaleureusement Marie tandis que Michel lui serra énergiquement la

main. Jean se tenait un peu en retrait, ne sachant trop quoi faire de lui, car même si à présent, il était proche des parents de Marc, il restait encore assez sauvage.
- Marie, voici Jean, mon grand-père de cœur...
Le vieil homme rougit, secrètement touché.
- Enchantée, Monsieur.
- Appelez-moi, Jean, mon petit.
Hortense s'empressa d'aller chercher le café et le gâteau.
L'après-midi se passa somme toute assez bien malgré la timidité de Marie. Vers seize heures trente, Marc annonça qu'il était temps de partir. Tout le monde s'embrassa et Hortense glissa discrètement à son

fils « elle est très bien, cette petite ! »

Une fois dans la voiture, Marc demanda à Marie si ça allait.

- Oui, tout le monde a été très gentil, mais tu sais, je n'aime pas trop être au milieu des gens.

- Ce ne sont pas des gens, Marie, c'est ma famille.

- Pardon, je ne voulais pas te blesser, mais je suis vite mal à l'aise…

- Tu t'habitueras, ma puce. Il faudra bien que tu rencontres mes deux frères et mes belles-sœurs. Tu sais, la famille, c'est important pour moi.

- Pour moi aussi, c'est juste que j'ai besoin d'un peu de temps pour être à l'aise…

- Ça va aller, ne t'inquiète pas.

Marie posa la tête sur son épaule et ils roulèrent un moment en silence. Le couple alla faire quelques courses puis ils allèrent chez Marc. Ce dernier avait restauré la grange de Monsieur Jean et en avait fait une belle habitation. Il y avait un très grand salon avec une belle cheminée en pierre, des poutres apparentes donnant à la maison un style campagnard. Marie aimait cette ambiance chaude, elle se plaisait chez son ami, la maison était vraiment décorée avec goût.

Marc prépara une salade de tomates et des pâtes à la carbonara pendant que Marie mettait la table. Ils prirent l'apéritif au salon :

- Ma puce, ne voudrais-tu pas venir habiter chez moi ? On s'entend bien,

ça serait merveilleux d'être toujours ensemble. Qu'en penses-tu ?
- J'adorerais, répondit-elle avec un grand sourire.
- Tu emménages vite, alors ?
- Oh oui !
Le couple passa une excellente soirée, heureux de la tournure que prenait leur relation.
L'installation se passa bien et les deux amoureux prirent plaisir à partager le même toit. Marie présenta son ami à ses parents qui l'apprécièrent beaucoup. Marc était un jeune homme sociable, ouvert.
Et la vie continua ainsi, tranquillement.

Chapitre 4

Cela faisait déjà un an que Marie et Marc se fréquentaient quand ce dernier demanda à sa fiancée de l'épouser. La jeune femme, ravie et toujours aussi amoureuse, accepta. Les familles accueillirent la nouvelle avec bonheur ; il fut décidé que le mariage aurait lieu en août.

Quand le grand jour arriva, le soleil inondait l'avant-pays savoyard. Une certaine effervescence régnait chez les Barnet. Les parents de Marie étaient arrivés en milieu de matinée pour marier leur fille unique. Madeleine, la mère de Marie, aida la jeune femme à passer sa robe dans l'ancienne chambre de Marc. Elle était émue. Ses yeux remplis de larmes trahissaient sa joie et le sentiment que cette fois-ci, sa fille commençait une nouvelle vie dans cet engagement.

- Sois heureuse, ma chérie, lui dit-elle en l'embrassant. Mère et fille s'étreignirent, conscientes de leur complicité du moment.

Quand Marie fut prête, elle descendit les escaliers pour rejoindre la famille.

Marc resta sans voix devant la beauté de sa future femme. Marie était resplendissante dans sa belle robe blanche, ses longs cheveux blonds remontés en chignon laissant apparaitre son cou et ses épaules bronzées. Marc, quant à lui, portait avec élégance un costume beige.

Le couple rayonnait de bonheur, ils échangèrent leurs consentements dans l'église de Jongieux. Marie avait remonté l'allée entre les bancs, toute émue, au bras de son père. Au pied de l'autel, un parterre de fleurs dégageant mille parfums enivrants accueillait les futurs époux. Monsieur le curé, ravi de marier cet homme qui, bien des années auparavant, allait au catéchisme avec les enfants de son âge, les unit. Le couple échangea un baiser sous le regard attendri de leurs proches.

Monsieur Jean, ému, serra les jeunes mariés dans ses bras et murmura à l'oreille de Marc :
- Merci, mon petit, d'égayer mes vieux jours...
- Merci à toi d'être là... répondit le jeune homme.

Après l'église, la famille, les amis, tous allèrent à la salle des fêtes de Lucey. Le traiteur avait bien fait les choses, le buffet, du vin d'honneur à la pièce montée, tout était parfait. Deçà delà, il y avait des ballons roses et blancs, les tables étaient fleuries et toute la soirée, le pétillant de Savoie coula à flots. Ils dansèrent une bonne partie de la nuit puis vint le moment où chacun rentra chez lui. Marie se rappellerait longtemps de cette nuit-là où, comme le voulait

la tradition, arrivés chez eux, Marc la porta pour franchir le seuil de la porte :
- Bienvenue chez vous, Madame Barnet, je ferai de vous la femme la plus heureuse du monde !

Chapitre 5

Les jeunes mariés avaient décidé d'avoir un enfant rapidement. Trois mois après leur mariage, Marie annonçait à son époux qu'elle était enceinte ! Marc était radieux, il rêvait d'un petit garçon pour, un jour, partager sa passion du bois avec lui ; sa femme n'avait quant à elle, aucune préférence.

La bonne nouvelle fut accueillie avec enthousiasme par toute la famille. La grossesse se passait bien, Marie était pleinement épanouie et au cinquième mois, le gynécologue annonça aux futurs parents qu'ils auraient un fils. Marc, qui passait déjà son temps à caresser le ventre arrondi de sa femme, fut encore plus attentionné.

Il fabriqua un magnifique berceau en bois, que Marie habilla d'un long voile bleu pâle. Les jeunes mariés étaient heureux, leurs conversations, leurs projets, presque tout tournait autour de ce bébé tant attendu.

Marie appréhendait un peu l'accouchement et quand les premières contractions rapprochées se firent sentir, Marc rassura du mieux qu'il put sa femme. Ils arrivèrent à la maternité de Chambéry vers dix-neuf heures. Jamais Marie n'aurait cru que mettre un enfant au monde serait si douloureux. Néanmoins après quatre heures de souffrance, elle put enfin tenir son bébé dans ses bras ; elle pleurait, elle riait.

 Il est tellement beau, répétait-elle inlassablement.

Mon Dieu, comment décrire ce bonheur qui la submergeait ? Elle pensa que rien jamais, ne viendrait le ternir, elle était tellement heureuse. Les proches leur rendirent visite et le jeune couple, fier, leur présenta leur petit Sébastien.

De retour à la maison, les jeunes parents s'installèrent confortablement dans une douce routine. Marie se plaisait vraiment dans le rôle de maman aussi décida-t-elle de prolonger son congé maternité. Marc, qui gagnait bien sa vie, était enchanté : les retrouver à la maison quand il rentrait déjeuner était un vrai bonheur. Sébastien était un enfant calme, souriant. Le week-end, ils allaient tous les trois se promener dans les coteaux de Jongieux ou manger dans la famille de l'un ou de l'autre. Chaque vendredi soir, Monsieur Jean venait dîner chez Marc et Marie. Ils avaient insisté pour que cela devienne une habitude, aimant tous les deux beaucoup le vieil homme et ayant à cœur de ne pas le laisser trop souvent seul. Jean se faisait une joie de partager un repas en famille, tous étaient tellement gentils avec lui et Sébastien l'adorait.

Entouré de tous leurs proches, le couple fit baptiser leur petit dans la magnifique église Saint Maurice de Jongieux, où Marc et Marie avaient été unis. Puis tous se dirigèrent dans l'imposante propriété des parents Barnet où se déroulait le repas qu'Hortense avait préparé la veille avec Madeleine. Ce fut une belle fête, pleine de joie ; rien n'était trop beau en l'honneur du petit Sébastien. Des ballons et des lampions avaient été accrochés partout dans les arbres, une planche posée sur des tréteaux fut dressée en guise de table. Cette dernière, drapée d'une belle nappe fleurie donnait un air champêtre à la fête. Dans chaque couvert était déposé un petit ballotin de dragées bleues et blanches. Sébastien passa de bras en bras ; tout le monde voulait profiter de ce bébé si sage.

Le soir venu, quand tous les invités furent partis, Marc aida ses parents à ranger tandis que Marie alla coucher son bébé qui, épuisé par cette longue journée s'endormit immédiatement.

Chapitre 6

Les mois passèrent, Sébastien eut un an, puis deux et la vie continua ainsi, paisible. Bientôt, le petit garçon fit son entrée à l'école maternelle de Lucey. Marc et Marie étaient tous les deux présents pour ce grand évènement. Sébastien, après un dernier câlin à ses parents suivit sans difficulté l'institutrice dans la classe. Marie ne put retenir ses larmes, déjà son fils lui manquait ; il faut dire que la jeune femme n'avait pas repris son travail ;

pendant trois années, elle s'était occupée sans compter, mais avec tellement de plaisir, de son enfant. Tendrement, Marc la prit dans ses bras, murmurant des mots de réconfort puis ils se dirigèrent vers leur voiture. Arrivés chez eux, le jeune papa proposa à Marie de passer la matinée avec elle ; il n'avait pas le cœur à travailler en sachant sa femme triste. Marc était vraiment un mari attentionné, mais Marie prit sur elle, le remercia et annonça qu'elle irait jardiner dans le potager que Monsieur Jean lui avait donné. Le couple s'embrassa et chacun vaqua à ses occupations. Enfin vint l'heure de la sortie d'école ; Sébastien parla avec enthousiasme de sa matinée au milieu des copains, copines et la jeune maman fut rassurée.

Le soir venu, alors que le couple se retrouvait dans leur lit, Marc déclara :

- Marie, Sébastien devient un grand garçon, pourquoi ne pas lui faire une petite sœur ?
- Oh oui, justement, j'y pensais en jardinant…

Mais les mois passaient et Marie n'était toujours pas enceinte. Elle prit rendez-vous avec son gynécologue. Ce dernier la rassura, lui conseilla d'être patiente.

Une nouvelle année scolaire commença, et Marie se dit que ça faisait déjà un an qu'ils essayaient en vain d'avoir un bébé. Puis janvier fut vite là, suivit de février, mars, avril… Et si Marc gardait pour lui la frustration de ne pas arriver à lui faire un deuxième enfant, Marie au contraire, passait son temps à chercher pourquoi ça ne marchait pas et faisait part de son désarroi. Son mari, ne sachant plus comment la rassurer, lui proposa de retourner chez le gynécologue. Rendez-vous fut pris pour la semaine suivante. Ils s'y rendirent ensemble et Marc put laisser libre cours à ses angoisses. Le médecin leur conseilla de partir en vacances afin de laisser leurs soucis derrière eux, de se distraire, de se détendre ; quelquefois, ça marchait, disait-il. Il leur proposa de revenir pour faire des examens si Marie n'était pas enceinte d'ici trois mois.

Le couple décida de ne pas attendre les vacances d'été et partit quinze jours en mai. Sébastien fut confié aux parents de Marc ; Monsieur Jean, quant à lui, ferait tourner l'ébénisterie seul. Tout fut bien programmé et les deux jeunes gens prirent la route du midi. Ils s'arrêtaient soit à l'hôtel soit en maison d'hôtes. Ils firent de longues promenades sur les bords de mer, main dans la main, flânèrent sur les marchés, choisissaient des souvenirs pour leurs proches, trouvèrent pour leur fils un joli bateau pour jouer dans la petite piscine que Marc installerait cet été. Ils profitèrent pleinement des vacances et rentrèrent complètement détendus.

Quinze jours plus tard, un test confirma la grossesse de Marie ; elle était folle de joie et courut à l'atelier de Marc pour lui annoncer la bonne nouvelle. Il fut bien évidemment radieux et serra sa femme dans ses bras de toutes ses forces en la faisant tournoyer, oubliant la présence de Monsieur Jean. Ce dernier toussota et les amoureux, gênés, se retournèrent donnant enfin l'occasion au vieil homme de les féliciter.

Sébastien fut tout content à l'annonce de la prochaine venue d'un bébé et la famille retrouva une ambiance plus paisible.
Quand Marie passa sa deuxième échographie, le jeune couple

manifesta une grande joie devant l'annonce d'une petite fille.

Marc descendit du grenier le berceau qui avait servi à leur fils quand il était bébé et Marie entreprit de le nettoyer et de le peindre en rose. Marc quant à lui débarrassa le bureau pour en faire une magnifique chambre tapissée de mauve pâle. Il installa une petite commode que Marie décora. Elle y rangea des pyjamas roses, de belles petites robes qu'elle achetait chaque fois qu'elle se rendait à Chambéry. Ensemble, le couple avait choisi une souris rose toute douce qui serait le doudou de leur fille. Marie, en mère prévoyante, décida d'en prendre une deuxième afin de pouvoir la laver sans drame.

Sébastien aimait poser sa main sur le ventre rebondi de sa maman pour sentir sa petite sœur bouger. À chaque fois que le bébé donnait un coup de pied, le petit garçon éclatait de rire.

Chapitre 7

Les semaines s'écoulaient, le terme approchait. Une nuit, Marie fut réveillée par une violente contraction. Elle essaya de rester calme et respira comme elle avait appris au cours d'accouchement. La douleur s'estompa, mais dix minutes plus tard elle eut de nouveau une forte contraction. La jeune femme réveilla son mari. Il était cinq heures. Marc décida d'appeler Monsieur Jean toujours réveillé à l'aube, pour veiller sur Sébastien. Le vieil homme ne tarda pas à arriver. Marie lui demanda d'appeler ses beaux-parents à sept heures pour prendre la relève, le remercia et le couple partit. Les contractions étant de plus en plus rapprochées et douloureuses, Marc décida d'emmener sa femme à la maternité de Belley qui était beaucoup plus proche que celle de Chambéry.

Sitôt arrivée, Marie fut prise en charge et rapidement installée dans une salle d'accouchement. Son col étant déjà bien ouvert, la sage-femme leur annonça que le bébé serait là rapidement.

Marie souffrait, le bébé était déjà bien descendu, mais il ne sortait pas. La sage-femme essaya avec la ventouse puis avec les forceps, mais rien n'y fit, le bébé était trop gros, il ne passait pas, aussi le gynécologue, le Docteur Brun, appelé en urgence, ordonna une césarienne ; il fallait faire vite, le cœur du bébé faiblissait. Tout alla très vite, Marc dut sortir. Il se retrouva seul dans la salle d'attente à tourner en rond comme un lion en cage, à prier pour que tout se passe bien.

Combien de temps s'était-il écoulé ? Marc aurait incapable de le dire quand il vit le gynécologue venir vers lui le visage sombre :

- Je n'ai pas de bonnes nouvelles, lui dit-il, votre femme a fait une hémorragie importante que nous avons pu contrôler, mais votre épouse est dans le coma...

Le docteur fit une pause, laissant le temps à Marc d'assimiler toutes ces mauvaises nouvelles puis ajouta :
- Et elle ne pourra plus avoir d'enfant, nous avons dû pratiquer une hystérectomie, c'est une ablation de l'utérus... Nous n'avons pas eu le choix...
- Mon Dieu... Et le bébé ? appréhenda Marc.
- C'est une petite fille... Elle a souffert d'un manque d'oxygène... Elle a des lésions neurologiques irréversibles, elle respire avec des tuyaux, elle ne sera jamais comme les autres enfants...
Et il lui expliqua longuement ce que serait la vie de son enfant, handicapé moteur et mental.

- Je vous laisse aller voir votre femme... ajouta-t-il.

Il fut interrompu par une sonnerie et repartit rapidement en s'excusant.

Marc resta là, sonné par le choc de l'annonce.

Chapitre 8

Le Docteur Brun entra dans la chambre de Marie, trouva Marc assis près d'elle. Des larmes coulaient sur son visage. Il posa sa main sur son épaule, bredouilla de vagues excuses et lui dit :
- Il faut que je vous parle…
- Qu'y a-t-il encore ? s'énerva Marc.
- Pouvez-vous me suivre, s'il vous plait ?

Les deux hommes quittèrent la chambre et se rendirent dans le salon des familles. Le docteur le fit asseoir et lui dit :

- Nous avons discuté de l'état de votre fille avec mes collègues médecins, des personnes en qui j'ai toute confiance, ainsi qu'avec l'équipe des soignants…

Et le gynécologue lui reparla de l'état du bébé, il essaya de lui faire comprendre l'intérêt de l'orientation des soins vers ceux de fin de vie. Et il conclut :

- Nous pensons que c'est mieux pour elle… Ne vous inquiétez pas, elle ne souffre pas, nous sommes auprès d'elle… Et auprès de vous si vous avez besoin.

Marc hocha la tête en signe d'assentiment.
- Je voudrais la voir …
- Bien sûr, suivez-moi…

Marc resta de longues minutes à contempler son bébé, à lui murmurer des mots d'amour, des mots d'excuse pour sa décision, la prit en photo sur son portable, posa un baiser sur sa joue et le visage ravagé de souffrance, sortit. N'ayant pas le courage d'aller voir sa femme, il alla prendre l'air et laissa libre cours à son chagrin. Marc avait mal ; il avait devant les yeux, l'image de sa petite fille, si minuscule et si belle avec tous ses cheveux bruns ; il se demandait comment il allait surmonter ce grand malheur. Et comment expliquer l'absence du bébé à Sébastien ? Comment dire à un enfant qui n'a même pas six ans qu'il ne connaitra pas sa petite sœur, que sa maman allait rentrer de la maternité le ventre et les bras vides ? Les larmes ne cessaient de couler sur le visage brusquement vieilli de Marc, tout son corps était secoué de sanglots. Il n'avait envie de parler à personne et pourtant il fallait qu'il prévienne ses parents. Il alluma une cigarette, respira profondément et se décida à téléphoner.

- Allo ?
- Maman, c'est moi...et Marc se remit à pleurer.
- Marc, que se passe-t-il ? s'inquiéta sa mère.

- On a… perdu le bébé… et… Marie est dans le coma…
- Mon Dieu, mon pauvre petit…
- Je te laisse, maman, je t'expliquerai…

Et, n'ayant pas la force d'ajouter un mot de plus, il raccrocha.

Hortense posa le téléphone tout doucement, pensa : « La vie peut basculer si vite… » Et elle aussi se laissa submerger par son chagrin. Michel, son mari, rentrant un instant plus tard, la trouva prostrée sur le canapé, la tête dans les mains, pleurant tout doucement.
- Hortense, mais que t'arrive-t-il ? lui demanda-t-il en s'agenouillant près d'elle.

- Marc m'a appelé… Ils ont perdu le bébé… Marie est dans le coma… Marc ne m'en a pas dit plus…

Michel enlaça sa femme, ne sachant trop quoi lui dire. Il imagina sans peine l'état de son fils.

Le lendemain, Marie se réveillait de son coma au grand soulagement de Marc. Ce dernier avait pris la décision de lui annoncer le décès de sa fille lui-même. Il avait essayé de choisir ses mots, mais finalement ça ne changeait pas grand-chose, les faits étaient là et aucun mot ne pouvait les adoucir. Marie avait hurlé et dans ce hurlement, il lui avait semblé qu'il y avait toute la haine qu'elle aurait voulu lui jeter à la figure. Son cri avait résonné dans toute la maternité et les infirmières étaient accourues pour lui faire une injection afin de la calmer. Marc, ne pouvant supporter le regard de Marie était sorti précipitamment.

Ce regard, pourrait-il un jour l'oublier ?

Chapitre 9

Marc entra dans la chambre de son fils, se mit à sa hauteur et lui expliqua que sa petite sœur était montée au ciel et que sa maman rentrerait de la maternité sans elle, qu'elle serait triste, car même si sa petite sœur était devenue un petit ange, elle leur manquerait à tous. Que sûrement il verrait sa maman pleurer, que c'était normal ; tous les parents voudraient garder leur enfant près d'eux.

Sébastien répondit :

- Mais il va revenir quand du ciel, le bébé ?

Des larmes plein les yeux, plein le cœur, Marc serra son fils contre lui.

- Elle ne reviendra pas, mon chéri, c'est un petit ange maintenant, elle va rester dans le ciel. On ne la verra pas, mais on saura qu'elle est près de nous…

- Je ne pourrai pas jouer avec elle, alors ?

- Non, mon cœur… Marc ne sut quoi ajouter, aussi se redressa-t-il pour quitter la chambre lorsque Sébastien le rappela :

- Papa… Elle s'appelle comment ma petite sœur ?

- Aurore, mon cœur, Aurore…

Et Marc sortit précipitamment en retenant ses larmes.
- Saleté de vie ! marmonna-t-il et il alla dans la salle de bain, ferma à clef et laissa sortir sa colère.

Monsieur Jean trouva la porte grande ouverte malgré le froid. Il frappa, mais n'obtint pas de réponse et pourtant Marc lui avait demandé de venir garder Sébastien pendant qu'il irait chercher Marie à la maternité. Il entra, entendit des sanglots du côté de la salle de bain, il devina que c'était Marc qui craquait. Démuni face à ce désarroi, il aurait voulu aller le trouver, mais que pouvait-il lui dire ? Il se dirigea donc dans la chambre de Sébastien, le trouva le visage tourné vers la fenêtre.

- Coucou, petit, que fais-tu ?

- Papa a dit que ma petite sœur était au ciel alors je lui parle... Je voulais qu'elle vienne jouer avec moi, mais papa dit qu'elle ne reviendra pas. Jamais !

Des larmes jaillirent de ses yeux et il se jeta dans les bras de Monsieur Jean qui l'étreignit contre lui. Combien de larmes ce décès ferait-il couler ? Combien de jours, combien d'années, faudra-t-il pour que la joie revienne dans cette maison ? Et si le bonheur n'existait plus dans cette famille ? pensa le vieil homme.

Chapitre 10

Cet après-midi-là, de gros nuages survolaient l'église, un vent glacial soufflait sur Jongieux et c'était comme si même la nature était en deuil. Tous les villageois de cette petite commune et des alentours étaient présents et partageaient la peine de la famille Barnet. L'état de santé de Marie étant encore précaire, les médecins avaient refusé qu'elle assiste aux obsèques de sa fille. Marc, même si ce moment était un véritable calvaire pour lui, répondait aux condoléances, serrait les mains tendues, touché par tous ces gens qui s'étaient déplacés pour lui apporter leur soutien. Il devait être fort pour deux. Quand le curé fit son homélie, le cœur de Marc se serra. La vie avait été tellement clémente avec lui jusqu'à ce drame. Il se mit à douter de Dieu ; il ne concevait pas qu'une telle injustice puisse arriver. Comment sa famille allait-elle se relever du décès de son bébé ?

Monsieur Jean regardait le minuscule cercueil et se demanda quand le malheur cesserait ; il avait pleuré ses frères, ses parents, et maintenant ce petit bébé innocent qui n'avait même pas eu le temps de connaître les bras de sa mère... Jean essuya ses yeux humides, il devra être solide pour épauler celui qu'il considérait comme son petit-fils. Qu'adviendra-t-il du couple après cette épreuve ? Il aurait donné sa vie pour celle du bébé, mais le destin en avait décidé autrement. Monsieur Jean ne parlait pas à Dieu ; trop de malheur avait eu raison de sa foi. Il aurait aimé croire, sans doute que tout aurait été plus facile à accepter, mais il n'avait pas trouvé les réponses à ses questions sur tous ses malheurs, aussi préférait-il penser que s'il y avait eu un Dieu, Il n'aurait pas permis de telles épreuves.

Marc, dont les pensées s'envolaient vers son bébé, savait qu'il avait pris la bonne décision, mais il en portait le poids dans son cœur de père, d'époux. Quand il avait dû expliquer celle-ci à Marie, il s'était senti minable.

Enfin la messe se termina. Il fallut encore aller au cimetière, puis les proches se réunirent chez les parents de Marc. Ce dernier n'ayant pas la force de se joindre à eux rentra chez lui où il commença à ranger les habits du bébé dans des cartons qu'il mit au grenier. Il démonta le berceau, la petite commode et les rangea également. La chambre était entièrement vide ; ne restait que le petit doudou rose que le couple avait choisi ensemble. Marc n'eut pas le cœur à le ranger. Il en avait mis un dans le cercueil avec sa fille et il gardait l'autre serré contre lui. Marc s'assit à même le sol et éclata de nouveau en sanglots.

Marc se dit que le bonheur était parti avec sa fille.

Marie, seule dans sa chambre, était ravagée par le chagrin. Elle, qui avait rêvé d'une famille nombreuse, n'en aurait jamais. Elle se passait en boucle les paroles du Docteur Brun : sa vie était sauve certes, mais elle n'aurait jamais plus d'enfants. Perdre sa petite Aurore était un drame et ne plus pouvoir avoir d'enfants en était un autre. Marie savait qu'elle ne se relèverait pas de cette tragédie.

Elle n'en voulait pas à Marc de sa décision ; bien sûr, il n'avait pas eu le choix ; quelle aurait été la vie de sa fille sans qu'elle puisse ni quitter son lit, ni marcher, ni parler, ni même se nourrir seule ? Mais la raison n'avait que peu de place dans son cœur et son bébé lui manquait tant.

Chapitre 11

Marie était rentrée chez elle et ce n'était que l'ombre d'elle-même qui se déplaçait dans cette maison qui avait été jadis la maison du bonheur. Seul Sébastien arrivait à la sortir de sa léthargie. Souvent, une fois son fils couché, Marc retournait à son atelier. Il préférait rester avec monsieur Jean plutôt que rester avec sa femme dans ce silence insupportable. Le couple ne sut plus comment communiquer.

Dans les larmes de Marie, Marc voyait des reproches.

Il était persuadé qu'elle lui en voulait ; cette fameuse décision, il avait été seul à la prendre et trop souvent lui venait à l'esprit que jamais sa femme ne lui pardonnerait et ils s'étaient cantonnés chacun dans leur malheur.

Peu de temps après le drame, Marie était assise à la table du salon, regardant la seule photo qu'ils avaient de leur fille. Marc posa sa main sur son épaule. C'était un geste d'amour, de tendresse, elle le prit pour de la pitié. Elle se leva brusquement et sortit. Elle aurait pu prendre cette main, s'y accrocher, alors il l'aurait enlacée et ensemble ils auraient été forts. Il se retrouva seul, et ce fut comme si un poignard transperçait le cœur de Marc. Mais que pouvait-il faire ? Aucune parole, aucun geste ne pourrait adoucir un tel chagrin ; lui-même n'arrivait pas à le surmonter et Marie était si sensible qu'il lui sembla que rien, jamais, ne rendrait la joie de vivre à sa femme, que jamais il n'aurait ce pardon dont il avait tant besoin. Et parce que Marc avait l'impression d'avoir tout perdu, il avait voulu se rapprocher de sa femme, mais celle-ci l'avait rejeté. Ce jour-là, il abandonna l'espoir de retrouver un peu de leur ancienne vie.

Chapitre 12

Le couple se retrouvait chaque soir, comme deux étrangers dans ce grand lit où ils s'étaient tant aimés. Marc ne savait comment aborder sa femme, elle paraissait si froide, si lointaine. Six mois étaient passés depuis le terrible drame et pas une fois Marc n'avait su approcher sa femme. Ce soir-là, il décida qu'il fallait absolument qu'il fasse un premier pas vers elle.

Il n'en pouvait plus de cette frontière invisible entre eux. Il la rejoignit dans leur lit, elle était tournée dos à lui ;
il l'enlaça tendrement, soulevant délicatement ses cheveux, il posa doucement ses lèvres sur sa nuque, appréhendant un peu la réaction de son épouse, mais contre toute attente, elle se retourna, se blottit contre lui en l'embrassant. Elle murmura :
- Éteins la lumière…

- J'ai envie de te voir…

- Non, Marc, je ne pourrai pas… Ce corps me dégoute…

Son mari n'insista pas, trop content de pouvoir l'aimer quand bien même ce fut dans l'obscurité. Et le couple retrouva, le temps d'une fin de soirée, toute la passion de leur amour. Les amants oublièrent pour un moment tout ce qui n'était pas leur plaisir. Hélas, sitôt leurs ébats terminés, un malaise s'installa à nouveau. Marie, gênée, se leva sans un mot pour prendre une douche et quand elle revint, Marc, ne sachant comment les dire, garda pour lui, tous ces mots d'amour qui pourtant lui brûlaient les lèvres et fit semblant de dormir. Elle s'allongea près de lui et sans bouger, attendit longtemps que le sommeil la gagne.

Puis aux mois, avaient succédé les années et il n'y avait eu d'autres rapprochements entre eux que ces moments intimes qu'ils partageaient, mais qui les laissaient malgré tout distants.

Chapitre 13

Marc regardait par la fenêtre du salon ; il y avait un petit potager qui, voilà quelques années, faisait la fierté de Marie ; elle le bichonnait, ne laissant pas la moindre chance aux mauvaises herbes de s'installer. Fièrement, elle brandissait ses magnifiques légumes ; de belles tomates rouges, des salades bien pommelées et des carottes nouvelles si tendres que Sébastien, du haut de ses trois ans, les croquait sitôt ramassées et passées sous l'eau. Oui, elle était fière, Marie la citadine, de montrer à tous qu'elle savait jardiner. Monsieur Jean lui avait patiemment expliqué l'art de la culture, lui transmettant au passage, une nouvelle passion.

Mais que restait-il de ce temps-là ? Des bordures avec au centre des mauvaises herbes qui avaient repris leurs droits, des souvenirs qui brisaient le cœur de Marc. Qu'était-il devenu de la jeune femme rieuse qu'il avait rencontrée sur un parking ? Comme elle lui manquait ! Quel constat amer, pensa-t-il.

Marc avait essayé de sortir Marie de sa souffrance, aussi lui avait-il proposé d'aller voir un psychologue.

- Enfin, je ne suis pas folle ! s'était-elle énervée.

- Chérie, répondit calmement Marc, je n'ai pas dit ça, mais peut-être arrivera-t-il à t'aider ?

- À m'aider à quoi, il ne va pas me rendre ma fille !

- Je sais, Marie, mais il faut que tu réagisses...

- J'ai perdu mon enfant, Marc, je ne peux plus en avoir, rien ne pourra changer cela.

- Mais qu'est-ce que tu crois ? Moi aussi je suis malheureux, mais nous avons Sébastien, il est bien vivant, lui et il a besoin de nous...

- Laisse-moi, Marc, je veux juste que l'on me fiche la paix...

Marc s'était tu, à quoi bon essayer de parler, de lui tendre la main,

Marie était fermée à toute discussion. Il n'y avait rien à faire. Contrarié, Marc était sorti. Il avait allumé une cigarette, le visage tourné vers le ciel presque violet, ressemblant à une carte postale. Quelques étoiles brillaient çà et là. Marc respira profondément, des effluves de foin coupé émanaient des alentours. Marc aimait ces odeurs d'été qui lui rappelaient les folles courses nocturnes que petit, il partageait avec ses frères quand ses parents les laissaient sortir le soir. Marc eut une montée d'angoisse. Qu'étaient donc devenus ses rêves ? Il avait l'impression d'avoir gâché sa vie. Malgré lui, des larmes coulèrent sur ses joues sans qu'il eût conscience que Monsieur Jean le regardait derrière les carreaux de sa fenêtre. Le vieil homme aurait donné n'importe quoi pour rendre le sourire à son ami. Mais que pouvait-il faire face à la mort ?

Les mois, les années s'étaient enfuis et Marie était toujours inconsolable. Monsieur Jean se sentit démuni face à la détresse de ses amis. Il se demandait s'il arrivait un moment où les larmes finissent par se tarir.

Quand le couple avait perdu leur bébé, le vieillard n'était plus allé dîner chez eux le vendredi soir comme il en avait l'habitude. Puis au bout de quelques mois, Marc avait demandé à Monsieur Jean de revenir, le suppliant d'égayer par sa présence au moins une soirée par semaine. Le vieil homme passait donc à nouveau un peu de temps chez ses amis, essayant d'amuser un peu Sébastien qui, après le drame, avait tendance à se renfermer sur lui-même.

Chapitre 14

Marie était devenue une mère très protectrice. Un soir, Sébastien devait avoir une dizaine d'années, Laurette, sa belle-sœur était passée en fin d'après-midi pour emmener Sébastien chez elle. Il avait été convenu que ce dernier camperait avec ses deux cousins dans une tente dans le jardin devant leur maison. C'était la première fois que Marie se séparait de son fils toute une nuit. Elle avait bien essayé de dissuader Sébastien, mais celui-ci avait insisté :

- S'il te plait, maman, je n'ai jamais campé…

- Allez, Tata, avait insisté Nathan, le plus âgé des cousins, ça va être super !

Laurette avait renchéri :

- Ce n'est que pour une nuit, Marie, vous nous rejoindrez demain midi avec Marc et nous ferons un barbecue…

Marie n'avait eu d'autre choix que de capituler. Elle se retrouva donc seule dans sa grande villa, ne sachant quoi faire d'elle, espérant que Marc ne tarderait pas trop à rentrer quand elle avait reçu un SMS de ce dernier :

« Coucou, juste pour te dire de ne pas m'attendre pour manger, je dîne avec un client, je ne sais pas à quelle heure je vais rentrer. Bise »

Marie s'était sentie abandonnée, elle avait allumé la télévision. Tout plutôt que ce silence insupportable. Elle avait zappé de chaîne en chaîne jusqu'à tomber sur un film où il était question de trois amies qui se réunissaient pour fêter la promotion de l'une d'elles.

Marie les regarda rire, heureuses d'être tout simplement ensemble. Elles buvaient du champagne, confortablement installées sur le canapé de leur hôte. Marie pensa à ses meilleures amies, des larmes perlant au coin de ses yeux. Elle eut envie de passer la soirée avec elles et sur un coup de tête leur envoya un SMS identique :

« Coucou, tu fais quoi de beau ? »

Véro répondit la première.

« J'emmène les enfants au Mac Do puis nous allons au cinéma. Tu veux venir avec nous ? »

Marie soupira et écrivit :

« Merci, mais je n'ai pas envie de bouger. Passez une bonne soirée, bisous »

Dix minutes plus tard, elle reçut la réponse de Laurence :

« Je suis en train de me préparer, Sylvain m'emmène au restaurant pour nos dix ans de mariage, les enfants sont chez leurs grands-parents. Et toi, que fais-tu ce soir ? »

Marie lui répondit qu'elle attendait Marc, les deux amies conversèrent un moment par SMS puis Marie replongea dans sa solitude. Son regard se promena deçà, delà, s'arrêta sur le bar qu'avait fait son mari, pensa « pourquoi pas ? » Elle se leva, prit un verre et, elle qui n'avait jamais bu une goutte de vin, se servit un verre de Porto et retourna regarder le film sur son canapé. Peu habituée à l'alcool, celui-ci lui brûla la gorge. La boisson ne tarda pas à lui faire de l'effet. Une douce torpeur l'avait envahie et malgré la solitude qui l'habitait encore, elle se sentit moins angoissée. Bientôt elle eut envie d'un autre verre et décida de garder la bouteille près d'elle. Un verre en appelant un autre, Marie eut vite fini la bouteille si bien qu'au retour de

Marc, elle dormait profondément, avachie sur le canapé. Ce dernier remarqua tout de suite la bouteille vide. Il repensa subitement que c'était ce soir que Sébastien dormait hors de la maison. Il s'en voulut d'avoir oublié et d'avoir laissé sa femme seule. Elle avait dû se sentir terriblement seule pour se laisser aller à la boisson.

Il essaya délicatement de la réveiller. Marie, qui empestait l'alcool, bredouilla :

- Tu veux boire un verre avec moi ? Finalement, tes parents avaient raison, c'est très bon…

- Marie, tu as assez bu, viens, montons nous coucher…

La jeune femme, dans un élan de colère, lui assena :

- Qui es-tu pour oser me dire que j'ai assez bu ? Si je veux boire, je bois. Tu étais avec ta maîtresse alors, laisse-moi tranquille.

Tristement, Marc répondit :

- Je suis désolé, Marie, je ne me suis pas rappelé que Sébastien dormait ce soir chez ses cousins, sinon j'aurais reporté mon rendez-vous avec mon client. Et… Je n'ai pas de maîtresse, il n'y a que toi dans ma vie, tu le sais, jamais je n'irais voir une autre femme.

Marie, le visage entre les mains, se mit à pleurer. Marc s'approcha d'elle, l'enlaça :

- Ne pleure pas, Marie, ça me fait trop de peine, tu ne dois pas douter de moi, je ne le mérite pas…

Puis, l'aidant à se lever, il ajouta :

- Viens, montons nous coucher…

Marc dut soutenir sa femme tant elle titubait. Ils arrivèrent tant bien que mal dans leur chambre et le jeune homme allongea délicatement son épouse qui se rendormit aussitôt. Marc posa un baiser sur le front de Marie et redescendit au salon. Il se laissa tomber sur le canapé. Il était fatigué, las. Il se dit qu'ils ne sortiraient jamais de la dépression de sa femme. Ce soir, il n'avait plus la force de rien, plus le goût non plus. Il repensa, comme souvent, à la femme que Marie avait été avant le drame et des larmes, trop souvent retenues, coulèrent sur son visage épuisé.

Marie se réveilla avec une affreuse migraine. Elle ne se rappelait pas comment elle s'était retrouvée dans son lit, mais ne s'y attarda pas. Elle se souvenait seulement avoir bu plus que de raison et d'avoir aimé ça. Elle se leva, prit une douche, de l'aspirine et prépara le café. Elle vit son mari endormi sur le canapé et se demanda ce qui s'était passé pour que ce dernier ne l'ait pas rejoint dans leur lit. Marie se servit une tasse de café et s'installa sur le fauteuil près du canapé. Elle le regarda dormir, le trouva beau et pensa encore une fois, « nous aurions pu être tellement heureux » Marc ouvrit les yeux, vit sa femme qui l'observait.

- Bonjour, ça va ? lui demanda-t-il doucement.

- Oui... Pourquoi as-tu dormi sur le canapé ?
- Tu avais bu...
- Je suis désolée, je ne me suis pas rendu compte ...
- C'est moi qui suis désolée, Marie, je n'aurais pas dû te laisser seule, j'ai oublié que Sébastien ne dormait pas à la maison...
- Ce n'est pas grave...
- Si, Marie, j'aurais dû être là pour toi, tu aurais dû me le rappeler...
- Tu sais, je comprends que tu veuilles sortir...
- Je ne sors pas, Marie, je travaille. Je ne suis allé voir personne. Il n'y a que toi dans ma vie, combien de fois faudra-t-il que je te le répète ? répondit Marc d'un ton las.

Marie hocha la tête, elle se dirigea vers la cuisine, lui proposa un café et Marc comprit que la conversation était close, que comme bien souvent, il était inutile d'essayer de parler, Marie s'était refermée.

Une heure plus tard, le couple se rendit chez Laurette et Paul et ce fut avec un soulagement non dissimulé que Marie retrouva son fils. Oui, Marie avait surprotégé son fils.

Chapitre 15

Les années avaient passé et plus rien n'avait jamais été pareil. Le sourire avait disparu des lèvres de Marie, des silences s'étaient installés entre les deux époux. Sébastien avait quitté la maison, s'était trouvé une location près de chez ses parents, mais venait très régulièrement les voir.

Marie continuait à broyer du noir et voyait de la tristesse partout où elle allait. Un jour, elle était à la caisse du supermarché et regardait une vieille femme, avec dans son panier une boite de thé, une plaque de chocolat et le livre de Rémy Menoud, « *Au sommet de leur monde* ». Elle imaginait que cette dernière avait prévu une soirée tranquille, elle l'enviait et en même temps, elle se disait qu'elle devait être sacrément seule pour en être réduite à ça... Mais elle, Marie, qu'allait-elle faire de sa soirée ? Est-ce qu'elle serait plus heureuse que cette vieille dame, à regarder la télévision avec un mari qui n'avait plus rien à lui dire, un mari qui avait, croyait-elle, dans les yeux le gros reproche de ne pas lui avoir donné une ribambelle d'enfants. Finalement, on était peut-être mieux seule avec un bon livre qu'à deux avec des non-dits, pensa-t-elle.

Marc, qui n'avait jamais su trouver les mots pour dire à sa femme qu'il regrettait tellement que leur vie ait pris le chemin du silence, la regardait s'éteindre un peu plus chaque jour sans arriver à faire le moindre geste qui aurait rétabli leur entente. Mais de cela, sa femme ne s'en doutait pas un instant. Dans ce mutisme qui était de la pudeur, elle ne voyait que des reproches. Et plus le silence s'installait et moins le couple se comprenait. Ils ne vivaient plus ensemble, ils cohabitaient et depuis le départ de Sébastien, aucun d'eux ne faisait plus d'effort pour essayer d'avoir un minimum de dialogue. Certaines personnes gardent leur souffrance au fond d'eux ; Marc et Marie étaient de ceux-là.

Puis, Monsieur Jean était décédé et ce fut à nouveau pour la famille Barnet un grand déchirement.

Le vieil homme s'était éteint dans son sommeil, oubliant peut-être simplement de se réveiller, apaisé sans doute d'aller rejoindre les siens qui n'étaient plus.

Chapitre 16

Debout devant la baie vitrée, Sébastien, l'air sombre, les mains dans les poches, regardait tomber la pluie sur le jardin. Ce temps n'arrangeait en rien son moral. Il se demandait comment il allait annoncer à sa mère son départ en Italie ; mais il lui fallait faire sa vie loin d'ici. Un sentiment de culpabilité l'envahit, il le connaissait trop bien, ce ressenti ; depuis tout petit, il se sentait coupable d'être en vie alors que sa petite sœur n'était plus là. Et c'était toutes ces émotions que Sébastien fuyait en s'exilant.

Il vit la voiture de sa mère se garer dans la cour. Marie en sortit sans se presser, indifférente aux grosses gouttes qui lui dégoulinaient sur le visage. Il lui sembla que rien, jamais ne l'atteignait, ni ne la faisait sortir de cette léthargie qui l'habitait depuis tant d'années. Mon Dieu, pensa-t-il, j'aimerais tant entendre son rire… Mais ce n'était pas avec ce qu'il allait lui annoncer qu'elle retrouverait le sourire. Elle entra dans la maison, se frictionna la tête avec une serviette éponge, eut un petit sourire en voyant son fils :
- Bonjour, mon grand.

- Bonjour, maman, ta journée a été bonne ?
- Ça va... Et elle pensa que ce « ça va » résumait bien ce que ses proches voulaient entendre.
Ils s'embrassèrent et Sébastien proposa :
- Je nous fais un café ?
- N'est-il pas un peu tard ? Je ne vais pas pouvoir dormir...
- Un apéro, alors ?
- N'est-il pas un peu tôt ? le taquina-t-elle.
- Non, j'ai quelque chose à te dire et un verre de vin sera le bienvenu, lui dit-il en lui posant une bise sur la joue. Assieds-toi, maman.
Marie obéit, craignant déjà le pire. Sébastien leur servit un verre de

Roussette et s'installa face à sa mère.

- Je t'écoute, mon grand.
- Voilà, maman, j'ai trouvé du travail...

Pourquoi semblait-il à Marie que cette annonce serait suivie d'une mauvaise nouvelle ?

- Mais... C'est bien...
- Attends, ce n'est pas fini... C'est... C'est un peu loin...
- Où ?
- En Italie...
- En Italie ! Mon Dieu, mais je ne vais plus te voir !
- Mais si, maman, je viendrai souvent... Il n'y a pas tant de kilomètres que ça...

Marie ferma les yeux pour retenir les larmes qui montaient en elle, mais déjà Sébastien se précipitait et l'enlaça :

- Je t'en prie, ne pleure pas, sois contente pour moi…

- Je suis contente pour toi, mais tu es ma raison de vivre, mon garçon, et ton départ me brise…

- Maman, je t'aime tant, mais je dois partir… On se téléphonera souvent et quand on se retrouvera, ce sera la fête…

Voyant le visage préoccupé de son fils, Marie prit sur elle et ajouta :

- Oui, ne t'inquiète pas, c'est la vie… Allez, parle-moi de ce nouveau travail…

Sébastien lui raconta comment son ami Giovanni lui avait trouvé une place dans un grand restaurant. Dans un premier temps, il logerait chez lui, ainsi il aurait le temps de chercher tranquillement un appartement... Le jeune homme parlait, parlait encore, afin de rassurer sa mère. Heureusement, son père arriva, coupant court à ce flot de paroles.

- Salut, mon fils, c'est gentil d'être passé...
- Bonjour, papa...
- De quoi parliez-vous ?
- Sébastien a trouvé un nouveau travail... répondit doucement Marie.
- C'est bien ça... se réjouit Marc.
- En Italie... poursuivit sa femme.
- Aïe...
- Papa, je t'en prie, tu ne vas pas t'y mettre toi aussi, le coupa Sébastien.
Marc ne répondit pas, il regarda son épouse et ses doutes se confir-

mèrent ; Marie était bouleversée... Il eut mal pour elle. Qu'allait-elle devenir sans son fils, près d'elle ? Il eut envie de la prendre dans ses bras, lui dire qu'il serait là lui, que jamais il ne la quitterait, qu'il l'aimait tant. Mais bien sûr, il n'en fit rien, il resta sans rien dire, ne sachant que faire de lui. Le silence devint lourd. Alors, contrarié, Sébastien réagit vivement.

- Tu pourrais être content pour moi, papa !
- Je suis content pour toi, mon fils, mais tu vas nous manquer à ta mère et à moi...
- Je sais, mais comme j'expliquais à maman, je viendrai souvent. Et c'est une très bonne place, je serai chef cuisinier, tu imagines ?

- Oui, soupira Marc, et il ajouta avec un sourire forcé :

- Félicitations, mon grand. Allez, je vais boire l'apéro avec vous…

Le soir venu, Marc rejoignit Marie dans leur lit. Elle était allongée sur le côté, immobile, comme inerte. Il s'allongea près d'elle, il ne voyait que sa nuque, devina le pli amer qui devait barrer son visage, il avait envie de la prendre dans ses bras :

- Ma chérie, il reviendra… Ses racines sont ici…

- Oui… Mais quand ?

- Il te faudra être patiente…

Marie ne répondit pas. Des larmes perlaient au coin de ses yeux.

- Viens, viens là, lui murmura Marc en l'attirant vers lui.

Elle se laissa aller contre le corps de son mari. Ce dernier éteignit la lumière et du bout des doigts sécha ses larmes délicatement. Il promena tout doucement ses lèvres sur le visage de son épouse, trouva le chemin qui la mena au plaisir et seulement alors elle oublia pour un moment sa peine…

Chapitre 17

Marie s'était imaginée une vie pleine de joie ; le bonheur d'avoir un mari, des enfants et un jour des petits-enfants ; mais rien ne s'est passé ainsi, et elle est là, seule, à fumer cigarette sur cigarette devant cette maison où le silence l'oppresse. Son fils est loin, il n'a pas de temps pour sa mère. Il lui a menti. Il n'est pas venu la voir si souvent, comme promis. Marie regarde tomber la pluie sur la vieille balançoire de Sébastien, à l'abandon depuis tant d'années. En attente de quoi ? Y aurait-il un jour à nouveau des rires d'enfants dans ce jardin ? Non. Si par bonheur petits-enfants il y avait, ils vivraient en Italie. Elle les verrait quand ? Pendant les vacances scolaires et encore.

Non, vraiment, pense-t-elle, il n'y a plus rien à attendre de cette vie. Alors aujourd'hui c'en est trop, elle n'a plus la force de continuer à vivre, elle n'en peut plus d'attendre en vain le retour de son fils, de quémander un peu de temps à ses amies, de ce mari qui est devenu un étranger. Elle a besoin de poser sa tête sur une épaule, de bras qui l'enlaceraient, de quelqu'un qui stopperait ce trop-plein de douleur qui habite son cœur ; mais elle est désespérément seule. Dans une semaine, elle aura cinquante ans et sûrement qu'elle les passera dans une solitude absolue. Bien sûr, ses amies y penseront, lui proposeront de les fêter, mais à quoi bon ? On fête un anniversaire quand on est heureuse et il y a bien longtemps qu'elle ne l'est plus. Elle se dit qu'il n'y a pas d'issue, elle n'en peut plus de cette vie-là, pleine d'attente et de désespoir, elle n'a plus la force de continuer. Elle pense « je suis fatiguée, tellement fatiguée. » Alors Marie prend une décision qui s'impose à elle depuis trop longtemps, elle a essayé bien des fois de la repousser, mais aujourd'hui, elle sait que c'est la seule solution, qu'elle ne pourra pas aller plus loin, elle n'a plus le courage. Elle rentre, passe par le salon, prend une bouteille de whisky et monte à l'étage.

Une heure plus tard, Marc rentre de son atelier, prend le courrier, voit avec plaisir qu'il y a une lettre de Sébastien, il imagine déjà le sourire qui se dessinera sur le visage de Marie quand il lui dira d'un ton faussement détaché que leur fils leur a écrit. Elle sourit si rarement, il n'y a que ses amies qui arrivent encore parfois à lui faire oublier un moment ses tristes pensées. Dans certains couples, les coups durs les rendent plus unis, mais chez eux, ç'a été différent, le malheur a détruit ce doux bonheur dans lequel ils vivaient. Marie, elle, n'a plus cru en rien ni en personne, elle a tourné le dos à Dieu, n'a plus jamais mis les pieds dans une église. Et Marc se demande souvent si l'amour qu'elle avait pour lui ne s'est pas brisé à l'instant où elle a poussé un hurlement quand elle a su que sa petite fille était morte ; un hurlement qui a tout détruit sur son passage, tel un ouragan. Alors Marie s'est accrochée à Sébastien, a été une mère possessive et angoissée craignant chaque instant de perdre le seul enfant qu'elle aurait jamais.

Marc entre dans la maison, il est surpris par le silence. D'ordinaire, soit Marie est affairée dans la cuisine, soit au salon, devant la télévision. Il appelle sa femme, mais n'obtient aucune réponse. Il monte d'un pas lourd les escaliers qui conduisent à leur chambre. Marc trouve son épouse, paupières closes, le teint un peu trop pâle, allongée sur ce lit qu'ils partagent depuis tant d'années. Il est d'abord étonné puis voit sur le plancher, une bouteille de whisky vide et une boîte de cachets à côté. Et là, subitement c'est comme si l'air lui manquait. Très vite il reprend ses esprits et lui fait un massage cardiaque comme il a appris dans son jeune temps. Les gestes reviennent naturellement dans la volonté de sauver la femme qu'il aime. Enfin, le cœur de son épouse se remet à battre. Il prend le téléphone, appelle les secours, répond comme un automate aux questions des pompiers puis raccroche. Marc pose ses lèvres sur celles de sa femme. Il avait oublié combien elles étaient douces ; alors que des larmes lui coulent sur les joues, il est secoué de sanglots. Et tandis qu'il continue inlassablement les massages comme lui ont demandé les pompiers, il pleure sa femme, sa fille, Monsieur Jean, le départ de son fils, sa vie gâchée. Il pleure sur lui, sur cette injustice qui s'est abattue sur sa famille ; lui qui a tant cru au bonheur, a tout raté. Inconsciemment, Marc ne savait-il pas qu'un jour ça finirait comme cela avec Marie ? Quand l'envie de vivre n'est plus là depuis trop longtemps, elle finit par être remplacée par celle de mourir. Et aujourd'hui, il se dit que si Marie s'en va, il n'aura pas la force de lui survivre.

Les secours arrivent rapidement, prennent le relais, lui insufflent l'oxygène. Marc les accompagne à l'hôpital. Un jeune pompier lui dit qu'il a sauvé la vie de sa femme, mais que maintenant il faut lui redonner l'envie de vivre.

Dans la chambre d'hôpital, assis près de Marie qui n'a pas repris connaissance, Marc sort la lettre de leur fils de sa poche. L'interne lui a conseillé de parler à son épouse, lui précisant qu'il est possible qu'elle l'entende et que par conséquent c'est ainsi qu'il pourrait lui donner l'envie de sortir du coma dans lequel elle est plongée. Il se penche près

d'elle, lui prend la main et murmure d'une voix tendre :
- Ma chérie, nous avons reçu une lettre de Sébastien, je vais la lire, ainsi nous la découvrirons en même temps :

Maman,Papa,

Je vais me marier et revenir habiter en France.
J'aurais pu vous téléphoner pour vous annoncer cette bonne nouvelle, mais j'ai tant de choses à vous dire qu'il m'est plus facile de les écrire.
Il faut que vous sachiez que je suis parti en Italie pour plusieurs raisons. J'aime cette langue chantante et j'avais un grand besoin de gaieté. Je ne vous en veux pas, vous m'avez

donné tant d'amour, mais la joie de vivre, elle n'y était pas chez nous et j'en ai souffert. Tous ces repas pris dans le silence, tous ces regards pleins de souffrance, cette voix faussement joviale quand vous me parliez, je n'en pouvais plus. Papa, maman, j'étais vivant, moi !

Papa, quand on n'était que tous les deux, on chahutait, on rigolait, mais sitôt rentré à la maison, tu redevenais cet homme taciturne et ça me faisait mal. Et toi, maman, tu étais douce, tendre avec moi, mais je rêvais d'éclats de rire. Tes yeux, toujours plein de larmes, ton visage abattu, était-ce une vie pour moi ? Alors je suis parti. Je sais, maman, tu as souffert de mon départ, mais comment me construire dans cette

tristesse ? Et toi, papa, je sais que tu aurais voulu que je travaille avec toi, mais j'aurais fait comment au milieu de votre mal-être ? Il est passé où cet amour que vous aviez l'un pour l'autre dont me parlait Grand-mère ? Maman, je reviens dans une semaine, pour ton anniversaire, avec ma future femme et ça me ferait plaisir que vous accueilliez Lara dans la bonne humeur. Dites-moi, je vous en prie, que vous avez appris à sourire en mon absence.
Je vous embrasse aussi fort que je vous aime,
Votre fils,

Sébastien

De nouveau, les larmes coulent sur le visage de Marc :
- Tu entends, Marie, Sébastien revient, et il va se marier, il a besoin de nous, de toi, Marie… Je t'en prie, reste, accroche-toi à la vie, si tu ne le fais par pour moi, fais-le pour lui… Il a tant besoin de toi…

Tout à leur chagrin, le couple ne s'était pas rendu compte de la souffrance de Sébastien. Leur fils n'avait pas eu une enfance insouciante comme la plupart des enfants ; il avait grandi dans une ambiance morose. Mon Dieu, pense-t-il, qu'avons-nous fait ?
Marc se rappelle les paroles de Monsieur Jean :

- Attention, petit, votre fille n'est plus là, mais vous avez un petit garçon qui a besoin de vous, ne l'oubliez pas dans votre chagrin.

Le couple l'avait bel et bien oublié, preuve en était cette lettre que Sébastien leur a écrite. Toutes ces années à garder ça au fond de lui, comme cela avait dû être dur ! Marc se promet de changer, il doit bien ça à son fils.

Les pensées de Marc s'envolent vers le passé, lui vient à l'esprit la fois où son fils était sorti pour la première fois avec ses cousins, il devait alors avoir environ seize ans. Les jeunes garçons allaient au bal dans un village voisin. Cette fois-là, Marc était rentré à la maison de bonne heure afin de ne pas laisser sa femme seule et l'aider à supporter l'absence de Sébastien. Il lui avait proposé d'aller au restaurant, mais Marie avait refusé. Il avait alors eu l'idée d'inviter son frère et sa belle-sœur, sa femme n'avait pas osé refuser. Marc se doutait qu'elle acceptait à contrecœur, mais au fond de lui, il savait que la soirée serait moins longue à plusieurs. Le couple avait fait un barbecue et la soirée s'était déroulée tranquillement même si Marc sentait la nervosité de sa femme tant celle-ci était palpable. Il aurait voulu la distraire, la faire rire, mais il y avait si longtemps qu'elle n'avait pas ri, pourquoi ce soir-là aurait été différent des autres jours ? Elle n'était allée se coucher que lorsque

Sébastien était rentré. Elle n'avait fait aucun reproche, mais son fils l'avait senti soucieuse, angoissée. Il en avait parlé à son père le lendemain et ce dernier lui avait répété comme tant de fois, « ne lui en veux pas, tu es sa seule raison de vivre ». Oui, ça n'avait pas dû être facile pour Sébastien de porter tout ça.

Marc serre un peu plus fort la main de sa femme et murmure, la voix pleine d'émotion :

- Marie, je t'aime. Je t'aime comme aux premiers jours, j'ai tellement besoin de toi, tellement besoin de te retrouver comme avant. Être heureux ne nous fera pas oublier notre petite Aurore… Je t'en prie, ma chérie, je t'en prie…

Et après une longue respiration, ajouta :
- Marie, oh Marie, ils sont où nos fous-rires, ils sont où ?

Chapitre 18

Des sons parviennent à l'esprit embrumé de Marie qui n'arrive pas encore à les définir. Elle essaie de se concentrer et reconnait la voix de Sébastien, celle de Marc et une voix féminine inconnue. Toutes ces voix résonnent en elle et lui font du bien. Péniblement, elle tente d'ouvrir les yeux.
- Elle se réveille ! Marie ! Marie !
- Maman !

Elle veut leur répondre, mais aucun son ne sort de sa bouche. Un jeune homme vêtu de blanc lui prend la main :

- Madame, madame, vous m'entendez ?

Elle essaie d'articuler un « oui », mais elle est si fatiguée que ses yeux se referment. Elle ne sait combien de temps s'est écoulé quand lui parviennent à nouveau des timbres de voix, elle laisse ses yeux clos et tente de suivre la conversation qui se déroule près d'elle.

- Papa, il ne faut plus laisser maman seule sinon elle risque de recommencer…

- Elle ne recommencera pas, Sébastien, je vais m'occuper d'elle et toi tu ne seras plus si loin… Savoir que tu reviens habiter en France lui redonnera l'envie de vivre et encore plus maintenant que tu as une fiancée…

Un sourire se dessine malgré elle sur son visage ; enfin, son fils revient… Péniblement, elle arrive à murmurer :

- Sébastien…

Son grand fils se penche sur elle…

- Je suis là, maman … j'ai eu si peur…

Chapitre 19

Aujourd'hui, allongée sur un transat, je regarde ma petite-fille Louna dormir dans son beau couffin blanc. Je ne me lasse pas de l'admirer, elle est si belle avec ses cheveux noirs et son teint mat. Sébastien et Lara sont partis pour la journée en montagne et me l'ont amenée la veille au soir.

L'été est là avec ses chants d'oiseaux, ses couleurs éclatantes et ses longues journées ensoleillées. Je me redresse, allume une cigarette, et admire mon potager. Je suis fière du travail accompli ; Marc a retourné la terre. Des lignes parfaites de légumes témoignent d'une passion retrouvée. Je pense à Monsieur Jean, à tout ce qu'il m'a appris. Toute à la souffrance d'avoir perdu mon bébé, je l'ai abandonné en route. Et pourtant, j'ai dans mon cœur le souvenir de la fois où il m'avait proposé de faire connaissance avec la terre. Il m'avait simplement dit « Viens. » Et je l'avais suivi vers le carré de terre qu'il avait labouré le matin même. Il s'était accroupi, avait pris de la terre dans sa main et avec beaucoup d'émotion avait murmuré :

- Tu vois, Marie, cette terre, si tu l'aimes suffisamment, si chaque jour, tu lui donnes un peu de toi, si tu prends le temps de la regarder, elle te le rendra au centuple.

Et il avait laissé la terre glisser entre ses doigts rugueux.

J'avais fait le même geste que lui et avais répondu :

- Je vais lui donner le meilleur de moi, si vous m'apprenez…

Et nous étions devenus une sacrée équipe jusqu'au décès de ma fille où j'avais tout abandonné. Aujourd'hui, le vieil homme n'est plus et il me manque.

Je regarde avec des yeux nouveaux tout autour de moi. La nature est belle, mon mal de vivre est parti ; Marc et moi avons longuement parlé quand je suis rentrée de l'hôpital, nous nous sommes enfin compris. Sébastien m'a pardonné toutes ces années de tristesse. Nous avons bien discuté lors de ma convalescence. Mon fils a passé du temps avec moi et nous nous sommes retrouvés. Lara, qui est devenue sa femme est quelqu'un de très doux et je les sens très amoureux. Quand le jeune couple m'a annoncé la prochaine venue d'un bébé, j'ai eu peur. J'ai confié mes angoisses à Marc et il a su trouver les mots pour me rassurer. Je suis également une psycho-thérapie qui m'apaise énormément. Après avoir failli mourir, la vie a repris ses droits et enfin je suis heureuse.

Un léger gazouillis me sort de mes pensées.

Je prends Louna dans mes bras, un grand bonheur me submerge et je pense : « la vie est parfois injuste, mais elle peut être si belle… »

                                        FIN

L'auteure rappelle que ce roman est une fiction et que toutes ressemblances avec des personnes existantes ou ayant existées seraient un pur hasard.

Un grand merci à

Marie-José Casassus, pour la correction de mon manuscrit,

Céline Soullard ainsi que le Docteur Brousse, de leur aide pour les nombreux renseignements médicaux,

Laurence Roland Milczarek, du regard qu'elle a bien voulu poser sur mon roman,

Raphaëlle Grand, d'avoir été patiente et investie lors des photos pour ma première de couverture,

Frédéric, mon mari, pour la mise en page.